LA PETITE MARIE

JOURNAL D'UNE BONNE PETITE FILLE

VERSAILLES. — IMPRIMERIE BEAU
Rue de l'Orangerie, 36

LA
PETITE MARIE

LA PETITE MARIE

JOURNAL

D'UNE BONNE PETITE FILLE

Vignettes par un Papa.

Texte par une Maman.

BOUASSE-LEBEL

RUE SAINT-SULPICE, 29, PARIS

A mes petites Lectrices.

Chères enfants qui entrez à peine dans la vie, c'est pour vous que ce livre a été composé. Une mère y a mis son cœur tout entier pour vous suivre et vous guider dans tous les moments de votre journée. La petite Marie qui vous est proposée pour modèle n'est qu'une enfant comme vous. D'où vient qu'on ne l'entend jamais pleurer et qu'elle est rarement punie?

C'est qu'on lui a appris que le bon Dieu aime les enfants sages.

C'est que son petit cœur est rempli d'affection pour ses parents et que son plus grand chagrin serait de leur faire de la peine.

Qu'il en soit ainsi de vous, chères petites lectrices; imitez la gentille Marie dans toutes ses actions et vous serez chéries de tous ceux qui vous entourent.

Une Maman.

La petite Marie ouvre les yeux, et sa première pensée est pour le bon Dieu.

Elle lui demande de conserver la santé à tous ses parents et de lui accorder la grâce d'être bien sage.

La petite Marie dit bonjour à son papa et à sa maman ; elle leur promet de les aimer toujours et d'avoir bien soin d'eux quand ils deviendront petits et qu'elle sera devenue bien grande.

La petite Marie caresse son petit frère ; elle lui demande s'il a bien dormi et lui recommande de ne pas pleurer, de peur de fatiguer sa petite maman, qui est un peu souffrante.

La petite Marie se laisse débarbouiller la figure et les mains, peigner les cheveux, et demande elle-même à mettre un tablier, car elle ne veut pas salir sa robe.

La petite Marie, avant de manger sa bonne soupe au lait, remercie le bon Dieu et le prie d'envoyer à déjeuner à tous les petits enfants qui n'ont pas comme elle une maman pour avoir soin d'eux.

La petite Marie est bien récompensée d'avoir été sage, car sa maman l'emmène avec elle à la messe; elle voudrait que Dimanche revînt tous les jours, afin d'aller plus souvent voir le bon Dieu dans sa maison.

La petite Marie a été obéissante et sa maman lui a donné un sou pour acheter une poupée, une balle ou un gâteau. Lequel choisir ?

Elle se décide à porter son beau sou jaune au tronc des pauvres, et elle a trois bonheurs à la fois :

Contenter le bon Dieu, soulager les malheureux et réjouir le cœur de ses parents.

La petite Marie aime beaucoup sa jolie poupée; mais quand sa petite amie Jeanne vient la voir, elle la lui prête tout de suite : elle sait qu'une enfant complaisante se fait toujours aimer et que sa petite amie s'amusera beaucoup.

La petite Marie est bien joyeuse; on lui a permis de faire une petite chapelle et de cueillir de belles fleurs pour les offrir à la sainte Vierge, sa maman du ciel, qu'elle aime tant.

La petite Marie est très-occupée; elle donne à manger aux poissons rouges dans le bassin, et cependant elle est si obéissante qu'elle accourt de suite près de sa maman, qui l'appelle.

La petite Marie sait déjà ses lettres et saura bientôt lire couramment; elle pourra alors expliquer à ses petites amies ce qu'il y a dans le beau livre d'images que son papa lui a donné.

La petite Marie sait déjà tenir une aiguille; sa maman lui a donné un joli chiffon rose; elle va faire un bonnet pour le bébé de la jardinière, afin qu'il n'ait pas froid pendant l'hiver.

La petite Marie verse de grosses larmes; elle a désobéi et cassé une assiette. Elle va bien vite avouer sa faute à sa maman, qui lui pardonne à cause de son aveu sincère.

La petite Marie voudrait bien goûter, mais sa maman lui a défendu de toucher aux bonnes choses qui sont sur la table. Elle attend avec patience, car elle sait combien le bon Dieu déteste les petites filles gourmandes.

La petite Marie a bien faim et aime beaucoup les confitures ; mais le petit pauvre a bien faim aussi Comment faire ? Elle lui donne la grosse moitié de sa tartine et dit que le reste lui semble bien meilleur.

La petite Marie boit de la tisane quand elle est malade, parce qu'elle sait combien tout le monde l'aime et quel chagrin aurait sa maman si elle ne guérissait pas bien vite.

La petite Marie sait que Noël est la fête du petit enfant Jésus; aussi elle s'empresse d'aller le visiter dans la crèche où il repose, et lui promettre d'être bien sage, bien douce, bien obéissante.

La petite Marie aime beaucoup les histoires, surtout quand elles sont racontées par sa marraine, qui en sait de si jolies; elle y apprend que les enfants méchants sont toujours punis et les bons sont récompensés.

La petite Marie a passé une assez bonne journée; avant de se coucher, elle se met à genoux et remercie le bon Dieu, qui l'a protégée, et lui demande la grâce d'être encore plus sage le lendemain.

La petite Marie, après avoir dit bonsoir à tout le monde, embrasse sa jolie médaille, appelle son bon Ange pour la garder, et s'endort en pensant à la sainte Vierge, dont elle est l'enfant bien-aimée.

BOUASSE-LEBEL
PARIS

www.ingramcontent.com/pod-product-compliance
Ingram Content Group UK Ltd.
Pitfield, Milton Keynes, MK11 3LW, UK
UKHW022144170726
13837UKWH00004B/1773